Störtebeker in Grevesmühlen
Liebe in Ketten – Freiheit in Flammen

Herold zu Moschdehner

Störtebeker in Grevesmühlen

Liebe in Ketten – Freiheit in Flammen

Bibliografische Information der Deutschen Nationalbibliothek
Die Deutsche Nationalbibliothek verzeichnet diese Publikation in der Deutschen Nationalbibliografie; detaillierte bibliografische Daten sind im Internet über http://dnb.d-nb.de abrufbar.

ISBN: 978-3-7693-1128-0

Copyright (2024) Herold zu Moschdehner
Verlag: BoD · Books on Demand GmbH,
In de Tarpen 42, 22848 Norderstedt
Druck: Libri Plureos GmbH,
Friedensallee 273, 22763 Hamburg
Alle Rechte bei dem Autoren.

9,99 Euro

Vorwort

Es war eine Zeit, in der die Welt in Finsternis gehüllt lag, regiert von eisernen Fäusten und erbarmungslosen Gesetzen. Doch selbst in der tiefsten Dunkelheit glimmt manchmal ein Funke auf, ein Licht, das stärker brennt als alle Ketten, die die Mächtigen schmieden können. Klaus Störtebeker war ein solcher Funke – ein Mann, dessen Name durch die Stürme der Geschichte wehte, ein Rebell und Freigeist, dessen Mut die Herzen jener entflammte, die nach Freiheit hungerten.

Dies ist nicht die Geschichte eines gewöhnlichen Piraten, der die Wellen bezwang und die Schätze eroberte, wie es unzählige Male erzählt wurde. Nein, dies ist die Geschichte eines Mannes, der weit mehr suchte als bloße Beute, der sich dem Wahnsinn und der unbändigen Kraft des Ozeans stellte und doch merkte, dass das wahre Abenteuer nicht in der Weite der See, sondern in den Tiefen seines eigenen Herzens verborgen lag. Es ist die Geschichte einer Liebe, die ihn veränderte – eine Liebe, die keine Ketten kannte und ihm den Weg zur Wahrheit zeigte.

Auf den ersten Blick mag er erscheinen wie ein Mann von roher Stärke, ein kriegerischer Geist, der sich nur den Naturgewalten beugte. Doch wer genauer hinsieht, erkennt, dass Störtebekers Herz ein Gefangener war, gefangen in den Fesseln der eigenen Furcht und der unstillbaren Sehnsucht, das Unerreichbare zu erlangen. Seine Reise, die ihn über blutgetränkte Planken und feindliche Küsten führte, war zugleich eine Flucht vor dem, was ihn am meisten beunruhigte: der Hingabe, dem Vertrauen und der Liebe.

Und dann trat Anni in sein Leben, ein Mädchen mit einem Lachen so frei und ungezähmt wie der Sturmwind, ein Wesen, das ihm zeigte, dass Freiheit nicht nur das Brechen von Ketten ist, sondern auch das Finden eines Zuhauses. Anni, die mehr Licht in sich trug, als der Ozean je zu spiegeln vermochte, entfachte in ihm ein Feuer, das ihn zu einem Mann machte, der nicht nur für sich selbst, sondern für eine größere Idee kämpfte.

Dies ist ihre Geschichte – die Geschichte eines Mannes, der sich der Liebe und dem Verlust stellte und in diesen Prüfungen zu der Legende wurde, die bis heute in den Herzen der Menschen lebt. Es ist die Erzählung von Schmerz und Leidenschaft, von Verrat und Vergebung, von einem letzten Aufstand gegen die Welt, um das zu retten, was uns am kostbarsten ist: die Freiheit der Seele und die Glut der Liebe.

Mögen Sie, während Sie diese Seiten durchwandern, den Wind auf der Haut und das Salz der See in der Luft spüren. Denn dies ist nicht nur eine Geschichte – es ist ein Vermächtnis, das darauf wartet, in Ihnen weiterzuleben.

Kapitel 1: Das Feuer der Begegnung

Der kalte Herbstwind jagte durch die Straßen von Grevesmühlen und brachte den scharfen Geruch des nahen Meeres mit sich, der sich mit dem Rauch der Kamine vermischte. Die Stadt lag im Schlaf, ihre schmalen Gassen und bröckelnden Mauern hüllten sich in Stille, doch für Klaus Störtebeker war dies keine gewohnte Ruhe. Er war ein Fremder in der Dunkelheit, ein Schatten, der sich auf vertrautem, aber heimlich betretenem Boden bewegte. Jeder Schritt hallte in seinem Innern wider, als trüge er eine Last, die schwerer war als all das Gold, das er je erbeutet hatte.

Er blieb vor einem kleinen Haus stehen, dessen Fenster nur schwach von Kerzenlicht erleuchtet waren. Ein flüchtiges Lachen drang aus dem Inneren – eine helle, klare Melodie, die wie ein Lichtstrahl durch das Dunkel schnitt. Unwillkürlich hielt er inne, und seine Hand verharrte am Türgriff. Dieses Lachen… es war nicht das seiner Verwandten, und doch schien es ihn zu rufen, als würde es ihm von einer unsichtbaren Brücke über das Reich des Tages hinaus entgegenkommen. Seine Verwandten begrüßten ihn schweigend, mit jener leisen Herzlichkeit, die Menschen aufbewahren, die das Herz des anderen kennen und die Worte nicht brauchen. Doch neben ihnen stand eine junge Frau, deren bloße Anwesenheit den Raum erfüllte, als brenne ein helles Feuer, und Klaus fühlte sich in ihren Blicken wie in einer fremden Welt. Sie sprach mit einer Stimme, die wie aus einer anderen Sphäre zu

stammen schien, und in ihren Augen lag ein
Funke, der ihn gleichsam bannte und in ihm eine
Sehnsucht weckte, die ihm bis dahin fremd
gewesen war.
„Du bist also der Klaus, von dem hier erzählt
wird?", sagte sie und neigte den Kopf leicht, als
wolle sie sich in seine Tiefe graben. Ihre Augen
glitzerten im Flackern der Flammen, und ihr
Lächeln war wie ein Schatten des Monds –
geheimnisvoll und verheißungsvoll zugleich.
„Und du bist Anni", erwiderte er mit rauer Stimme,
überrascht über die Festigkeit in ihrem Blick, der
ihn forschend und doch vertraut ansah. Sie
schien nichts zu fürchten, und für einen Mann wie
ihn, der die See als sein einziger Richter kannte,
war dies ein Wagnis, das ihn faszinierte.
Sie lachten, als sie über das Meer sprachen, über
die Geister der Wellen, die den Reisenden
heimsuchen, und über die geheimnisvollen
Kräfte, die fernab der Stadt ihre Wurzeln haben.
Anni sprach von einer Welt, die über das
Sichtbare hinausging, von den Geschichten der
Ältesten, die sich in den Nebeln verloren, die über
die Küste krochen. Ihre Stimme war leise, aber
eindringlich, als ob sie die Wahrheit selbst in den
Worten barg.
Der Abend ging über in die Nacht, und das Feuer
loderte hoch, als würde es ihren Worten
lauschen. Klaus saß da, ohne einen Laut, und ließ
sich von ihren Erzählungen forttragen. Die
Flammen spiegelten sich in ihren Augen, und der
Raum schien kleiner zu werden, bis nur noch die
beiden darin existierten.

Sie brach das Schweigen, als der Wind draußen
ein Stöhnen durch die Ritzen der Fenster fuhr:
„Sag mir, Klaus", flüsterte sie, „wie lange willst du
in den Wellen nach dem suchen, was du nur im
Herzen eines Menschen finden kannst?"
Er stutzte, verwirrt und wie ertappt, als hätte sie
ihn bei einem Gedanken erwischt, den er selbst
kaum zu fassen vermochte. „Die Freiheit",
begann er langsam, als müsste er das Wort erst
schmecken, bevor es über seine Lippen drang.
„Die Freiheit ist das Einzige, was mir gehört."
„Aber ist Freiheit nur das Recht, dem Sturm zu
trotzen? Oder ist sie das Geschenk, das ein Herz
verschenkt?", antwortete sie, und ihre Stimme
wurde zu einem leisen, kaum hörbaren Rauschen,
das ihn durchdrang wie das Meer, das an die
Klippen schlägt. „Freiheit", fuhr sie fort, „ist nichts
ohne das, was man liebt. Ein Herz ohne Liebe ist
wie eine Küste, die keine Wellen berühren."
Die Worte trafen ihn hart, und für einen Moment
wusste er nicht, was er erwidern sollte. Da war
eine Welt in ihr, die er kaum zu ergründen wagte,
und in diesem Moment fühlte er sich wie ein
Knabe, der zum ersten Mal das Meer erblickt. Die
Mauern, die er um sein Herz errichtet hatte,
begannen unter der Kraft ihrer Worte zu bröckeln,
und für einen Augenblick wagte er, ihr in die
Augen zu sehen, ohne die Maske des
unerschütterlichen Seemanns.
Anni streckte ihre Hand aus und legte sie sanft
auf seine, als wolle sie ihm die stürmischen Wasser
seines Inneren glätten. Ihre Finger waren warm
und weich, und er spürte, wie eine unerklärliche
Ruhe von ihr ausging. Es war ein Moment, in dem

die Zeit stillzustehen schien, ein Augenblick, in
dem alle Kämpfe, alle Schlachten bedeutungslos
wurden, weil das, was er in diesem Raum fand,
wertvoller war als jede Beute, die er je erobert
hatte.
Die Stunden flossen ineinander wie ein
unaufhörlicher Strom, und als der Morgen graute,
fand Klaus sich in einer Stille wieder, die er sonst
nur in den Tiefen der See erlebte. Anni war die
erste, die sprach, und ihre Stimme klang nun wie
ein Hauch, als wäre sie ein Teil des Windes
geworden: „Manche Dinge, Klaus, findet man nur
einmal. Mancher Schatz liegt nicht in der Tiefe,
sondern in den Augen eines Menschen, der den
Mut hat, dich zu sehen."
Er erwiderte nichts, denn er wusste, dass sie die
Wahrheit sprach – eine Wahrheit, die ihn in den
kommenden Tagen immer wieder in dieses Haus
ziehen würde. Jede Begegnung, jeder Blick
vertiefte die Verbindung zwischen ihnen, und
bald spürte Klaus, dass das, was er an Freiheit
glaubte zu besitzen, nichts war im Vergleich zu
der Bindung, die in Annis Nähe erwuchs.
Die Nächte wurden länger, und mit jeder Stunde,
die er bei ihr verbrachte, wich das Misstrauen der
Dorfbewohner. Doch die Blicke, die ihm die
Männer des Dorfes zuwarfen, sprachen eine
andere Sprache. Es waren die Blicke jener, die
eine Gefahr erahnten, die nicht von außen kam,
sondern aus dem Inneren. Die Frauen tuschelten,
die Ältesten wichen zurück, und bald begann
sich ein Schatten über das Haus zu legen, ein
Schatten, der die Wärme der Flammen
verschlang und die Herzen mit Furcht erfüllte.

Klaus fühlte die Veränderung, doch er wagte
nicht, darüber zu sprechen. Denn in jeder Nacht,
in der er Anni sah, in jeder Berührung, in jedem
Kuss, den sie ihm schenkte, fand er etwas, das
stärker war als all die Angst, die die Welt um sie
herum in sich barg.
Aber das Schicksal hatte andere Pläne, und als
der Winter über Grevesmühlen hereinbrach,
klopfte es eines Abends an der Tür. Die Soldaten
des Herzogs traten ein, ihre Gesichter hart und
unnachgiebig. Anni wurde beschuldigt, eine
Hexe zu sein, und ohne ein weiteres Wort zerrten
sie sie fort, während Klaus zurückblieb, den Ruf
ihrer Stimme in den Schatten der Nacht verloren.

Kapitel 2: Die Flammen der Leidenschaft

Es war eine jener Nächte, in denen die Kälte wie ein Raubtier durch die Gassen kroch und jedes Geräusch schärfer und bedrohlicher erscheinen ließ. Die Dunkelheit umschlang Grevesmühlen, und selbst die vertrauten Winkel und Ecken schienen einem fremd, als die Schatten sich in gespenstische Gestalten verwandelten. Der Mond stand wie ein kaltes Auge am Himmel, und sein Licht fiel durch die Ritzen des Hauses, in dem Störtebeker allein saß, die Gedanken voller Sorge und Zorn.

Anni war fort – entrissen, wie ein Schatz, den man ihm in einem einzigen Augenblick geraubt hatte. Der Klang ihres Rufs hallte noch immer in seinen Ohren nach, und er spürte, wie sich eine unbändige Wut in ihm erhob, die nur schwer zu zügeln war. Die Soldaten des Herzogs hatten sie als Hexe verschleppt, als würde sie das Unheil selbst in ihren Händen tragen. Doch Klaus wusste, dass es nicht die Hexerei war, die die Männer fürchteten – es war das, was Anni in den Herzen der Menschen erweckt hatte. Eine Frau, die freier war als die Gesetze, die über das Dorf herrschten, eine Seele, die sich dem Zwang und der Enge widersetzte.

Klaus starrte in die Flammen des Kamins, der ihn wie ein stilles Feuer umfing, und in ihm wuchs eine Entschlossenheit, die er nie zuvor gespürt hatte. Er würde sie zurückholen, koste es, was es wolle. Die Ketten, die man ihr angelegt hatte, würde er sprengen, und der Herzog sollte erfahren, dass der Zorn eines Mannes, der die Liebe kennt, mächtiger ist als jedes Gesetz.

In den folgenden Tagen sammelte Klaus eine kleine Mannschaft um sich, eine Gruppe von Männern, die einst an seiner Seite gekämpft hatten, auf See und an Land. Es waren Männer, die ihm vertrauten und ihm gegenüber loyal waren, Männer, die wussten, dass sein Vorhaben riskant und wahnsinnig war – und gerade deshalb bereit waren, ihm zu folgen. Der Plan war gefährlich, gewagt und in seinen Augen perfekt: Er würde in der Dunkelheit der Nacht das Gefängnis stürmen und Anni befreien.

„Warum riskierst du alles für sie, Klaus?" fragte einer seiner Männer, während sie in der stillen Abgeschiedenheit des Waldes ihre Waffen bereiteten. Es war ein schlichter Mann, dessen Narben eine eigene Geschichte erzählten, doch sein Blick war ernst, und seine Stimme trug eine Besorgnis, die man selten bei ihm hörte.

„Weil es Dinge gibt, die das Gold und die Freiheit übersteigen", antwortete Klaus mit einem Ausdruck, der nur einen winzigen Moment seiner Zärtlichkeit enthüllte. „Anni ist mehr als nur eine Frau – sie ist mein Weg zur Wahrheit, mein Weg zurück zu einem Herz, das noch zu fühlen vermag." Die Männer sahen ihn schweigend an, und in ihren Augen flackerte ein Respekt, der tiefer ging als alle Treue zu einem Kapitän. Sie verstanden, dass dies kein bloßes Abenteuer war, sondern eine Rettung, die Klaus selbst betraf, eine Befreiung aus der eigenen Gefangenschaft.

Die Nacht kam, und mit ihr die Zeit, das Vorhaben in die Tat umzusetzen. Der Wind jagte über die Felder und ließ die Bäume wie wachsame Wächter raunen, als die Männer sich in die Dunkelheit schlichen. Das Gefängnis war von hohen Mauern umgeben, doch Klaus kannte die Schwachstellen, die Risse, die in den kalten Steinen verborgen lagen. Und mit der Präzision eines erfahrenen Jägers bewegte sich die Gruppe auf das Gebäude zu, die Schatten ihrer Gestalten mit der Finsternis verschmelzend.

Mit gezielten Bewegungen hebelten sie die Hintertür auf, die Klaus an einem früheren Abend unbemerkt zu schwächen wusste, und drangen in die kalten Flure ein. Der Atem der Männer war kaum hörbar, und das gedämpfte Licht ihrer Laternen warf lange Schatten an die Wände, als sie durch die Gänge huschten. In jedem Winkel konnte der Feind lauern, doch Klaus' Augen waren auf ein einziges Ziel gerichtet – die Zelle, in der man Anni gefangen hielt.

Schließlich erreichten sie das schwere Tor zum Verlies, hinter dem sie festgehalten wurde. Klaus legte die Hand auf das kalte Eisen, und für einen Moment schien ihm, als spüre er die Kälte in seinem eigenen Herzen. Er atmete tief ein, und in seinem Inneren erhob sich eine Entschlossenheit, die ihn fest und ruhig machte. Langsam schob er die Türe auf, das Scharnier ächzte leise, und dann sah er sie.

Anni saß in der Dunkelheit, die Augen geschlossen, als würde sie schlafen, oder als hätte sie die Welt und all ihre Härten längst hinter sich gelassen. Ihr Gesicht war von einer Stille erfüllt, die ihn gleichermaßen verzauberte und erschütterte, und für einen Augenblick wagte er kaum, sich ihr zu nähern. Doch dann öffnete sie die Augen, und ein Lächeln huschte über ihr Gesicht, als hätte sie gewusst, dass er kommen würde.

„Klaus", flüsterte sie, und ihre Stimme war wie ein Hauch, der ihn bis ins Mark traf. „Du bist gekommen."

Er kniete sich vor sie und ergriff ihre Hände, und in diesem Moment fühlte er sich, als hätte er sie nie verlassen. „Anni, ich bringe dich hier raus. Ich lasse nicht zu, dass sie dich in Ketten legen."

Doch Anni schüttelte langsam den Kopf, ein Ausdruck der Trauer in ihren Augen. „Man kann den Geist nicht einsperren, Klaus. Nur das Fleisch, und das ist nicht das, was ich bin. Ich habe keine Angst vor dem, was kommt."

Ihre Worte schnitten ihm tiefer ins Herz, als er sich eingestehen wollte, und ein brennendes Gefühl der Ohnmacht machte sich in ihm breit. Er wollte sie aufrichten, sie mit sich reißen, sie vor dem Unrecht der Welt bewahren – doch in ihrem Blick lag eine Entschlossenheit, die ihm einen unbegreiflichen Schmerz bereitete. Es war, als hätte sie ein Wissen, das ihm verborgen blieb, als hätte sie längst akzeptiert, was er noch bekämpfte.

Plötzlich jedoch zuckte ein Blitz durch den Raum, und ein unheilvolles Flackern ergriff die Schatten an den Wänden. Die Temperatur stieg unnatürlich an, und ein seltsames Leuchten begann, Annis Gestalt zu umhüllen, als würde sie selbst zu einer Flamme werden. Klaus schrie auf und wollte sie zurückhalten, doch in diesem

Moment schien ein unsichtbarer Sog ihn zurückzuwerfen.

Mit einem Mal explodierte die Luft in einem grellen Licht, das jeden Winkel des Raumes verschlang. Es war, als würde die Welt selbst auseinanderreißen, als würde die Wirklichkeit unter der Kraft dieser uralten Magie zerbrechen. Klaus spürte die Hitze, das gleißende Licht, das jede Farbe verschlang, und ein ohrenbetäubender Knall dröhnte in seinen Ohren, bevor die Stille zurückkehrte, schwer und endgültig.

Als er wieder zu sich kam, fand er nur noch Asche, wo sie gewesen war. Die Kälte des Verlieses legte sich wie ein Leichentuch über die Überreste ihres Wesens, und Klaus sank auf die Knie, unfähig, die Leere zu begreifen, die in ihm wie eine klaffende Wunde schmerzte. Der Fluch, der sie getroffen hatte, war mächtiger, als er je zu kämpfen vermocht hätte. Und so blieb er zurück, mit nichts als den Schatten der Erinnerung an jene, die ihm die Freiheit jenseits des Meeres gezeigt hatte – die Freiheit eines gebrochenen Herzens.

Kapitel 3: Der Verrat und die Fessel

Als der Rauch sich verzog und die Flammen in sich zusammensanken, blieb nur noch ein gespenstisches, tiefes Schweigen zurück. Klaus Störtebeker kniete im kalten, dunklen Raum, die Hände leer, die Augen ins Nichts gerichtet. Die Asche, die ihm entgegenwehte, war alles, was von Anni geblieben war, und ihre letzten Worte hallten in ihm nach wie eine Melodie, die nie mehr enden würde.
Die Männer seiner Mannschaft, die ihm in die tiefsten Ecken des Gefängnisses gefolgt waren, standen schweigend in der Dunkelheit. Niemand wagte, ein Wort zu sprechen, denn die Stille, die sich über sie gelegt hatte, war schwer und unwiderruflich. Die Wut, die eben noch in Störtebeker gebrannt hatte, war erloschen, doch etwas Dunkleres, Tieferes hatte seinen Platz eingenommen – eine Entschlossenheit, die über Zorn und Hass hinausging, eine Entschlossenheit, die mehr war als ein bloßer Drang nach Rache. Langsam stand er auf, den Blick noch immer auf die Überreste Annis gerichtet. Er wusste, dass dies ein Abschied war, der ihn für immer verändern würde. Die Stimme in seinem Innern, die ihm zur Flucht drängte, verstummte. Stattdessen spürte er einen unbezwingbaren Wunsch, die Freiheit, die sie ihm gezeigt hatte, weiterzutragen, selbst wenn er dies in einem Kampf gegen das Unrecht tun musste, das sie verschlungen hatte.
„Es gibt keine Hexerei in dieser Welt, die so grausam ist wie die der Menschen", murmelte er und drehte sich zu seinen Männern, die ihn mit

einer Mischung aus Ehrfurcht und Besorgnis
ansahen. „Was sie Anni angetan haben, ist mehr
als eine Tat des Hasses. Es ist eine Erinnerung
daran, dass Freiheit etwas ist, das man ihnen
entreißen muss – ein Vermächtnis, das wir fortan
für sie tragen."
Seine Männer nickten, und das Schweigen, das
sich nun zwischen ihnen ausbreitete, war kein
leeres, sondern ein gemeinsames, ein Schwur, der
unausgesprochen zwischen ihnen lag. Sie waren
Seemänner, Freibeuter, doch in diesem Moment
verstanden sie, dass sie mehr als nur Gold und
Beute hinter sich herzogen. Sie hatten nun einen
Grund zu kämpfen, der größer war als sie selbst,
ein Vermächtnis, das von einer Frau stammte, die
keine Angst vor den Herrschern der Welt gehabt
hatte.
Als sie das Verlies verließen und sich in die
Schatten der Nacht zurückzogen, um die sichere
Dunkelheit zu suchen, wurde das Flüstern der
Blätter um sie herum zu einer Art Requiem, das
die Stille der Nacht erfüllte. Es schien, als hätte die
Natur selbst von ihrem Schicksal erfahren und als
würde sie ihnen ein Versprechen zuflüstern – das
Versprechen, dass ihr Opfer nicht vergebens
gewesen sein sollte.
In den nächsten Wochen durchstreiften sie die
Küsten des Landes und suchten Verbündete, die
bereit waren, sich gegen die Ungerechtigkeit der
Herrscher zu erheben. Klaus fand sich in einer
neuen Rolle wieder – nicht mehr nur als Anführer
seiner Crew, sondern als Stimme jener, die kein
Gehör fanden, als Streiter für die Freiheit und das
Leben, das Anni ihm gezeigt hatte. Sein Name

begann zu flüstern wie der Wind, und wo immer Menschen von ihm hörten, erhoben sie sich, wie eine Flut, die die Ufer sprengt.

Doch trotz all des Aufruhrs und der Pläne, die in ihm und um ihn herum aufkeimten, blieb die Erinnerung an Anni lebendig und schmerzhaft. Nachts, wenn die Stille schwer auf ihn fiel, kehrten ihre Worte zurück, und er fand sich oft, die Sterne zu betrachten, als suche er in ihnen das, was ihm auf Erden genommen worden war.

Eines Abends, als sie am Lagerfeuer saßen, wagte es einer seiner Männer, die Frage zu stellen, die in vielen von ihnen brannte: „Klaus, warum riskierst du alles für das Andenken einer Frau? Warum kämpfst du gegen eine Welt, die doch nur aus Dunkelheit und Verrat besteht?"

Klaus sah auf, und seine Augen glühten in der Dunkelheit, als ob das Feuer in ihnen selbst brenne. „Weil sie mehr Licht in sich trug als all die Fackeln und Flammen der Welt", antwortete er leise. „Weil das, was sie mir gezeigt hat, größer ist als jedes Gesetz und jede Macht. Sie hat mir die Freiheit gezeigt, die in jedem von uns liegt, und nun ist es an mir, diese Freiheit für all jene zu bewahren, die sie verloren haben."

Seine Worte klangen wie ein Schwur, und die Männer lauschten in ehrfürchtigem Schweigen. Sie wussten, dass dies kein gewöhnlicher Kampf war – sie kämpften nicht nur für einen Anführer, sondern für ein Vermächtnis, das weit über die Mauern des Herzogtums hinausreichte.

Bald verbreiteten sich Gerüchte über eine Rebellion, die im Norden tobte, angeführt von einem Mann, der mehr als nur ein Pirat war. Klaus

Störtebekers Name wurde zum Symbol für jene,
die nach Freiheit hungerten, für jene, die die
Ungerechtigkeit der Mächtigen nicht länger
ertragen wollten. In jeder Stadt, durch die sie
zogen, schlossen sich ihm Menschen an, und
selbst die Wachen, die einst ihre Feinde waren,
zögerten nun, ihre Waffen gegen ihn zu erheben.
Doch trotz der wachsenden Unterstützung, trotz
der Stärke, die er um sich sammelte, blieb in ihm
ein leeres Gefühl, ein Schmerz, der wie ein
schwelendes Feuer in seiner Brust brannte. Annis
Gesicht, ihr Lächeln, ihre Stimme – all das war Teil
seiner Erinnerung geworden, ein leiser, stetiger
Klang, der ihn in Momenten der Stille heimsuchte.
Er wusste, dass ihre Liebe ihn für immer verändert
hatte, doch er wusste auch, dass sie nun jenseits
seiner Reichweite war, ein Teil der Geschichte,
die er selbst schrieb.
In einer dieser Nächte, als der Mond hell über das
Lager schien und die Sterne wie leuchtende
Augen am Himmel funkelten, stand Klaus allein
am Rand des Lagers und blickte in die Ferne. Er
hatte das Gefühl, dass Anni ihm aus dieser
Entfernung zusah, als würde sie über seine Schritte
wachen, und er spürte in sich eine Kraft, die
stärker war als alles, was er je gekannt hatte.
„Anni", flüsterte er leise in die Nacht, „ich werde
dein Erbe tragen. Was du mir gezeigt hast, wird
nicht verblassen. Dein Licht wird die Dunkelheit
durchbrechen, und ich werde nicht ruhen, bis
deine Stimme in jedem Herzen widerhallt."
Mit diesen Worten begann er seinen Weg zurück
ins Lager, entschlossen, den Kampf fortzuführen,
den sie begonnen hatte. Und in der Stille der

Nacht, als der Wind sanft über die Gräser strich, war es, als antwortete die Welt selbst auf sein Versprechen – ein Versprechen, das er in seinem Inneren tragen würde, bis die letzte Welle die Ufer seines Lebens erreichte.

Kapitel 4: Das Sturmfeuer des Angriffs

Die Welt um Klaus Störtebeker schien sich
verändert zu haben. Seine einst einsame Suche
nach Freiheit und Beute hatte sich in einen
Kampf verwandelt, der über seine eigenen
Interessen hinausging. Die Mannschaft, die ihm
anfangs eher zögerlich gefolgt war, spürte nun
die Bedeutung dieses Unterfangens. Der Name
Störtebeker hatte in den letzten Monaten eine
neue Schärfe und einen neuen Glanz gewonnen.
Überall, wo er auftauchte, versammelten sich die
Menschen – Männer und Frauen, die das Leben
der Knechtschaft und die Willkür der Obrigkeit
nicht länger ertragen wollten.
Doch es waren nicht nur Bewunderer, die ihnen
folgten. Auch Feinde hatten von seinen Taten
gehört und warteten nur darauf, ihm und seiner
Mannschaft eine Falle zu stellen. Die Soldaten des
Herzogs und die Wachen anderer Herrscher
patrouillierten die Straßen und schienen wie die
Schatten selbst über das Land herzufallen. Jeder
Schritt, den Störtebeker und seine Männer
machten, war eine Herausforderung an die
Mächtigen, und die Gefahr lauerte wie ein
Gespenst hinter jedem Hügel und in jedem Wald.
Eines Abends, als sie auf einem Hügel rasteten,
der die Stadt von oben überblickte, trafen sie sich
am Lagerfeuer, um die nächste Etappe ihres
Weges zu besprechen. Die Männer
versammelten sich um das knisternde Feuer, und
das Flackern der Flammen spiegelte sich in ihren
entschlossenen, aber besorgten Gesichtern
wider. Ein Gefühl von Schicksal und Ungewissheit

hing in der Luft, und Störtebeker spürte, dass dies der Moment war, an dem ihre Entschlossenheit auf die Probe gestellt werden würde.

„Wir haben viel erreicht", begann Klaus und sah in die Runde. „Aber unser Weg ist noch lange nicht zu Ende. Jede Stadt, in der wir Freiheit gebracht haben, ist ein Zeichen dafür, dass unser Kampf gerecht ist. Doch unsere Feinde sind wachsam, und sie werden uns jagen, bis sie uns zum Schweigen bringen."

Ein Murmeln ging durch die Reihen. Die Männer nickten, doch in ihren Augen blitzte das Feuer der Entschlossenheit, das stärker war als jede Furcht vor den Mächtigen. Einer von ihnen, ein Mann namens Hannes, erhob sich und sprach mit einer Stimme, die vor Stärke bebte: „Klaus, wir folgen dir. Für Anni und für das, was sie uns gezeigt hat. Wenn der Preis die Freiheit ist, dann sind wir bereit, ihn zu zahlen."

Diese Worte legten sich wie ein Versprechen auf ihre Herzen, und Klaus wusste, dass die Zeit gekommen war, einen entscheidenden Schlag zu wagen. In der Stadt unten lagen die Soldaten des Herzogs – jene Männer, die Anni geholt und in den Kerker geworfen hatten. Es waren dieselben, die ihm das Liebste genommen hatten, und in diesem Moment brannte der Schmerz und die Sehnsucht nach Rache so stark in ihm, dass er die Flammen fast körperlich spüren konnte.

„Wir werden die Stadt angreifen", verkündete Klaus mit fester Stimme. „Es ist an der Zeit, dass sie wissen, dass wir nicht nur ein Schatten in der Dunkelheit sind. Wir sind das Licht, das sie fürchten. Und sie werden lernen, was es heißt, gegen uns zu kämpfen."

Die Männer erhoben sich, jeder Einzelne von ihnen, und ein murmelndes Zustimmen breitete sich aus, das leise, aber mächtig war. Jeder wusste, dass der kommende Kampf das größte Risiko barg, das sie jemals eingegangen waren, doch keiner wich zurück. In ihren Augen blitzte der Wunsch nach Freiheit und das Gedenken an Anni, das sich wie ein unsichtbares Band um sie legte.

In der Dunkelheit der Nacht zogen sie hinab zur Stadt, lautlos wie Geister, die von der Rache angetrieben wurden. Klaus führte die Männer, und mit jedem Schritt spürte er, wie sich seine Entschlossenheit weiter verhärtete. Die Mauern der Stadt ragten vor ihnen auf, und hinter ihnen warteten die Soldaten, die Wachen und die Torwächter, die in ihrer Überheblichkeit nicht ahnten, was in dieser Nacht geschehen würde. Mit einem unerwarteten Angriff überwanden sie die äußeren Wachen und drangen in die Stadt ein. Die Straßen waren leer, die Häuser still, doch bald ertönten die ersten Rufe und Warnungen, als die Bewohner und Soldaten erkannten, dass sie von einer unerbittlichen Macht überrascht worden waren. Klaus kämpfte sich durch die Reihen der Verteidiger, und seine Männer folgten ihm, wie Schatten, die ihm zur Seite standen. Der Kampf war hart und erbittert, und inmitten des Chaos fand Klaus sich in einem der Gänge des herzoglichen Sitzes wieder, wo einst auch Anni in Ketten gelegt worden war. Die Erinnerung an sie war wie ein gleißendes Feuer in ihm, das

ihm die Kraft gab, sich weiter durch die Gegner
zu kämpfen. Mit jedem Schlag, den er führte, mit
jedem Gegner, den er niederrang, schien er ihre
Stimme zu hören, und er wusste, dass dies der
Moment war, in dem er ihre Freiheit endgültig
bewahrte.

Doch mitten im Getümmel erschien ein Gesicht,
das ihm wie ein Schatten aus der Vergangenheit
vorkam – der Hauptmann, der Anni verhaftet
hatte, stand ihm gegenüber, ein Schwert in der
Hand und ein kaltes, triumphierendes Lächeln auf
den Lippen. Der Mann, der den Befehl zur
Verhaftung gegeben hatte, derjenige, der sich
an dem Leid anderer ergötzte und sich an seiner
Macht berauschte.

Klaus' Wut kochte über, und er stürzte sich auf
den Mann mit einer Kraft, die all seine Gefühle
entlud. Ein erbitterter Zweikampf begann, und
der Hauptmann, geübt und erfahren im Kampf,
verteidigte sich geschickt. Doch Klaus war von
einer Kraft erfüllt, die mehr war als bloße Wut – es
war der Geist von Anni, der durch ihn sprach und
ihn leitete. Mit einem letzten, kraftvollen Stoß
durchbrach er die Verteidigung des Hauptmanns
und streckte ihn nieder, ein Sieg, der mehr als nur
ein Kampf war, sondern eine Befreiung.

Als das Licht des Morgens über die Stadt brach,
fanden sich Klaus und seine Männer inmitten der
Überreste ihres Angriffs. Die Stadt war erobert, die
Herrschaft des Herzogs gebrochen, und die
Freiheit, die sie suchten, war ihnen für einen
Moment greifbar nahe. Doch Klaus wusste, dass
dies nur ein Schritt auf einem langen Weg war,

ein Weg, den er in Annis Namen fortsetzen würde.

Der Morgen war ruhig, doch in der Ferne sah Klaus die Schatten neuer Feinde aufziehen. Er wusste, dass die Nachricht von ihrem Angriff die Herrscher des Landes alarmieren würde, dass sich weitere Mächte gegen sie erheben würden.

Doch er war bereit. Für Anni, für die Freiheit, und für das, was er in ihrem Lächeln und in ihren Worten erkannt hatte.

Und so setzten sie ihren Weg fort, mit dem Wissen, dass der Kampf, den sie führten, größer war als jedes Leben und jede Grenze. Störtebeker und seine Männer waren nun mehr als nur Freibeuter – sie waren ein Symbol, eine brennende Fackel, die das Land erhellte und den Weg für eine Freiheit ebnete, die größer war als jeder Schmerz und jedes Opfer.

Kapitel 5: Die glühende Asche der Liebe

Die Stille der Dämmerung senkte sich über das Land, als Klaus Störtebeker und seine Männer das Lager am Rande der Stadt verließen. Sie waren erschöpft, gezeichnet von Kämpfen und Verlusten, doch in ihren Augen brannte noch immer das Licht der Freiheit, das sie seit jenem Abend nicht mehr verlassen hatte, an dem Anni ihnen genommen worden war. Der Sieg über die herzoglichen Soldaten hatte ihre Namen in das Gedächtnis des Landes gebrannt, und die Menschen flüsterten ehrfürchtig von ihnen als den Fackelträgern der Freiheit.

Klaus wusste jedoch, dass dies nicht das Ende war. Die Nachricht von ihrer Rebellion war weit über die Grenzen hinausgedrungen, und die Machthaber des Landes waren aufgebracht, ihre Wachen auf den Straßen verdoppelt und ihre Entschlossenheit zur Jagd auf ihn erneuert. Klaus' Gesicht und Name waren nun jedem bekannt, und der Preis auf seinen Kopf stieg mit jedem Tag.

Es war in einer solchen Nacht, während er im Lager saß und die Sterne betrachtete, dass eine seltsame Ruhe über ihn kam. Die Erinnerung an Anni, die wie ein Schatten in seinem Herzen gelebt hatte, schien in diesem Augenblick klarer als je zuvor. Er sah ihr Lächeln vor sich, hörte ihre Stimme in der Stille der Nacht. Es war, als ob sie bei ihm wäre, mit ihm sprechen würde, ihn rufen würde.

„Anni", murmelte er, den Blick gen Himmel gerichtet. „Ich habe deinen Weg fortgesetzt, doch die Leere in meinem Herzen ist geblieben.

Was ist es, das mir fehlt, um die Freiheit wirklich zu begreifen?"
Die Worte verklangen, doch in der Kühle der Nacht glaubte er, ein Flüstern zu hören, leise und sanft wie der Wind, der über das Land zog. Es war kein Trost, sondern ein leises, unbändiges Verlangen, das ihn erfüllte, das Gefühl, dass seine Reise noch nicht beendet war.
Am nächsten Morgen weckte er seine Männer und sprach zu ihnen mit einer Klarheit und Überzeugung, die sie verblüffte. „Unser Kampf wird weitergehen", verkündete er, „aber ich werde ihn nicht länger mit euch führen. Es ist Zeit, dass ihr euren eigenen Weg findet, dass ihr die Flamme, die Anni uns gegeben hat, weitertragt."
Die Männer sahen ihn mit großen Augen an, und ein Schweigen lag über der Gruppe, bevor einer der Ältesten auf ihn zutrat. „Klaus, du bist unser Anführer, und wir haben dir unser Leben anvertraut. Wohin gehst du, wenn nicht mit uns?"
Klaus lächelte schwach. „Ich gehe dorthin, wo mein Herz mich ruft, dorthin, wo Anni ist. Sie hat mir eine Wahrheit gezeigt, die ich noch nicht zu Ende verstanden habe. Ich muss diesen Pfad allein gehen, um ihr Vermächtnis zu erfüllen."
Sie umarmten ihn, einer nach dem anderen, mit schweren Herzen und stummen Worten, die nichts sagen konnten, was die Verbundenheit unter ihnen wirklich ausdrückte. Dann sahen sie ihm zu, wie er sich langsam in die Ferne entfernte, eine einsame Gestalt, die gegen die aufgehende Sonne schritt, das Land vor sich weit und endlos.

Die nächsten Wochen verbrachte er allein, durchquerte Felder, Wälder und Berge, als wäre die Natur selbst ein Spiegel seiner Seele, der ihm die Stille zeigte, die er in sich trug. Jede Nacht sprach er mit Anni, erzählte ihr von den Dingen, die er sah und hörte, und in diesen Gesprächen fand er etwas, das tiefer ging als der Zorn und die Sehnsucht, die ihn einst angetrieben hatten. Eines Abends, als er am Ufer eines Flusses saß, sah er sein eigenes Spiegelbild im Wasser und erkannte, dass die Reise, die er gesucht hatte, stets in ihm selbst gewesen war. Anni hatte ihm das Licht der Freiheit gezeigt, doch die Fesseln, die er bekämpfte, lagen nicht nur in der Welt, sondern auch in seinem Herzen. Seine Liebe zu ihr war nicht nur das Verlangen, sondern die Erkenntnis, dass Freiheit das Band ist, das Menschen und Herzen verbindet, das sich über Schmerz und Verlust hinwegsetzt.

Und als er dort saß, den Blick in die Weite gerichtet, fand er Frieden. Die Liebe, die er zu Anni empfunden hatte, verwandelte sich in ein tiefes Verständnis, dass ihre Begegnung ihn für immer verändert hatte. Sie lebte nicht nur in seiner Erinnerung, sondern in jeder Tat, die er in ihrem Namen vollbracht hatte, in jedem Menschen, den er befreit hatte, in jedem Funken Hoffnung, den er geweckt hatte.

Er blieb in der Einsamkeit, bis die Dämmerung kam und die Dunkelheit über das Land zog. In dieser Nacht legte er sich unter den Sternen zur Ruhe, das Herz erfüllt von jener Ruhe, die er so lange gesucht hatte. Die Welt um ihn herum verstummte, und in der Ferne glaubte er das

Lachen zu hören, das er bei ihrer ersten
Begegnung vernommen hatte. Ein Lachen, das
ihm nun die Gewissheit gab, dass er nicht allein
war.

Die Menschen, die ihn kannten, hörten nie wieder
von ihm. Einige sagen, er sei über das Meer in ein
fernes Land gesegelt, um die Freiheit weiter zu
verbreiten, andere glauben, er habe sich in die
Berge zurückgezogen, um ein Leben im Einklang
mit der Natur zu führen. Doch die Geschichten,
die man sich über ihn erzählte, lebten fort, und
sein Name wurde zu einer Legende, ein Symbol
für jene, die gegen die Ketten der Unterdrückung
aufbegehren wollten.

Und so lebte Klaus Störtebeker weiter – nicht in
Fleisch und Blut, sondern im Herzen derer, die
seine Geschichte kannten, die sich an die Freiheit
erinnerten, die er verkörpert hatte, und an die
Liebe, die ihn dazu antrieb, die Welt zu
verändern.

Sein Vermächtnis wurde zu einer Flamme, die
weiter brannte, ein Licht in der Dunkelheit, das
die Menschen an die Kraft und den Mut
erinnerte, die Anni ihm gezeigt hatte. Und so
lebte sie auch weiter, in jedem Funken Hoffnung,
den er entzündet hatte, in jeder Stadt, die von
den Fesseln der Angst befreit wurde, in jedem
Lachen, das durch die Straßen hallte, als wäre sie
selbst zurückgekehrt.

Der Name Störtebeker wurde zur Legende, ein
Ruf nach Freiheit, ein Lied der Hoffnung, das von
Mund zu Mund ging und von Generation zu
Generation weitergegeben wurde. Und noch
heute, wenn die Nacht über das Land zieht und

die Sterne aufleuchten, erzählen sich die
Menschen von ihm – von dem Mann, der die
Freiheit suchte und das größte Geschenk der
Welt fand: die Liebe, die über den Tod hinaus
lebt und die Herzen der Menschen wie ein
unvergängliches Licht erhellt.